AF454056

VENTE

Le Samedi 16 Décembre 1911

HOTEL DROUOT — SALLE N° 11

A 2 H. 1/4 ET LE SOIR A 8 H. 1/2

EXPOSITION PUBLIQUE

Le Vendredi 15 Décembre 1911

DE 2 HEURES A 6 HEURES

OBJETS DE CURIOSITÉ

DE LA

CHINE & DU JAPON

FORMANT

LA COLLECTION DE M. SOUGAWARA

OBJETS D'ART

ET

D'AMEUBLEMENT

BIJOUX

APPARTENANT A DIVERS

Mᵉ **Edouard FOURNIER**

COMMISSAIRE-PRISEUR

29, Rue de Maubeuge

M. Arthur BLOCHE

EXPERT PRÈS LA COUR D'APPEL

21, Boulevard Haussmann

IMPRIMERIE :: ::
C. CHAUFOUR ::
6-8, RUE MILTON
PARIS :: :: :: ::

CONDITIONS DE LA VENTE

La vente sera faite expressément au comptant.

Les acquéreurs paieront *dix pour cent* en sus des enchères.

L'exposition mettant le public à même de se rendre compte de la nature et de l'état des objets, aucune réclamation ne sera admise une fois l'adjudication prononcée.

DÉSIGNATION

BRONZES, BOIS SCULPTÉS

1-2 — Deux statues bouddhiques Amida, bois sculpté. VIIIe siècle.

3 à 8 — Six statuettes Kewannon en bois sculpté et en bronze, des XIIe, XVIIe et XVIIIe siècle.

9 à 15 — Sept statuettes anciennnes de la légende bouddhique, en bois sculpté et en bronze.

16 à 19 — Quatre figurines : Personnages en bois sculpté de différentes époques.

20 — Vase en bambou sculpté, représentant un paysage. XVIIIe siècle.

21 — Deux figurines bouddhiques en grès polychromé. XVIIIe siècle.

22 — Trois masques de drame lyrique œuvres d'artistes connus.

23-24 — Douze objets divers représentant un casque, fourneau, étagère ébène, vase, etc.

25 — Trois petits objets de ménage en bronze. XVIIIe et XIXe siècle.

26 à 28 — Trois vases en bronze, anciens et modernes.

29 — Vase en argent décor : Chrysanthèmes. XIXe siècle.

30 à 33 — Huit petits bronzes représentant des animaux; différentes époques.

34-36 — Deux miroirs anciens en bronze, repré
sentant au dos Naudia-Domescica, travail
par Mitzounaga.

LAQUES

36 à 49 — Quinze inros représentant des pay·
sages, fleurs, personnages, animaux, etc

5o à 54 — Lot de divers objets en bois : crapauds, cuillères, boîte à thé, etc.

55 à 62 — Dix-sept objets en laque japonaise :
Boites à cendre, à lettre. etc., de différentes
époques.

63 à 68 — Onze plats ornés chacun d'un portrait de poète et d'une poésie, extérieur en
laque noire. Époque xviiie siècle.

IVOIRES

69 à 80 — Collection de soixante-dix-sept nestkés
en ivoire, argent, bronze, buis : démons,
crapauds, paysages, personnages, etc.

GARDES DE SABRES

81 à 100 — Collection intéressanie de cent gardes de sabres, représentant des dragons, lions, motifs décoratifs, etc., de différentes époques.

101 à 110 — Trente manches de couteaux en argent, Shibouïtchi, Shakoudô, ornés de dessins variés.

CÉRAMIQUE

111 — Théière de Makoubei. Epoque xviie siècle.

112 — Trois tasses du même artiste et même époque.

113 — Dix bols à thé de différents artistes et différentes époques.

114 — Plat en grès décoré de Jasmins, terre de Racou.

115 — Deux coupes de Koutani. Epoque xviiie siècle.

116 — Pot à thé, travail fin xviii' siècle.

117 — Tasse de Rokoubeï, ornée de branche de cerisier. xixe siècle.

118 — Quatre fourneaux à parfums en faïence, grès de différentes couleurs.

119 à 122 — Quatre vases porcelaine et grès de différentes couleurs.

123 — Boite à parfums en forme de poids. xviiie siècle.

ÉVENTAILS, KAKÉMONOS

ÉTOFFES

124 — Quatre éventails peints : Personnages et fleurs des xviie et xviiie siècles.

125 à 134 — Seize intéressants kakémonos des écoles de Oukiyoé, représentant des personnages divers, paysages, animaux, etc.

135 — Lot de vingt coupons étoffe ancienne, de
différentes couleurs.

136 à 140 — Seize sacs à tabac en cuir et en soie.

OBJETS D'ART ET D'AMEUBLEMENT

APPARTENANT A DIVERS

MEUBLES

141 — Canapé laqué blanc. Epoque Louis XVI.

142 — Meuble de salon composé d'un canapé,
deux fauteuils et deux chaises en bois sculpté,
couvert en brocatelle verte, dessin grands
ramages. Style XVIIIe siècle.

143 — Deux fauteuils bois sculpté laqué blanc.
Epoque Louis XVI.

144 — Ameublement de salle à manger en chêne sculpté, composé d'un buffet-crédence avec vitraux, table à trois rallonges et six chaises cannées.

145 — Petit paravent tryptique bois sculpté et doré garni de soierie. Style Louis XVI.

146 — Canapé d'époque Louis XVI.

147 — Meuble-classeur dans le style japonais, panneaux en laque incrusté d'ivoire et de nacre.

148 — Douze chaises et deux fauteuils anglais en acajou recouverts d'étoffe verte.

SCULPTURES. BRONZES

149 — Buste de femme dans le style du xviiie siècle en terre cuite.

150 — Buste de femme en plâtre.

151 — Grand brûle-parfums en bronze du Japon, couvercle surmonté d'un chien de Fô.

1 2 — Cache-pot en bronze du Japon.

153 — Plaque bronze : « Bacchante et Satyre » d'après Clodion.

154 — Sous ce numéro plusieurs bronzes qui seront divisés.

155 — Jardinière oblongue en étain [ouvré.

156 — Sceau martelé et argenté.

157 — Paire de candélabres en bronze doré.

Style Louis XVI.

158 — Vase en cuivre rouge.

OBJETS DE VITRINE

ET DE CURIOSITÉ

159 — Montre en cuivre repoussé : Scène de L'Iliade.

160 — Bonbonnière écaille, monture or, décor au vernis à fines rayures oruée d'une miniature.

161 — Petit cabinet boite à thé en laque décorée d'or.

162 — Miniature : Sujet galant.

163 — Deux miniatures sur ivoire.

164 — Trois miniatures : Marie-Antoinette, Portrait d'officier, Duc de Reichstadt.

165 — Trois miniatures : Portraits de femme.

166 — Couteau et fourchette manche en ivoire sculpté à personnages, etui cuir.

167 — Pomme de canne en argent ciselé. Style Louis XV.

168 — Petite boîte ronde, monture or ornée d'un camé.

169 — Dix sept netskés, sujets divers en ivoire, travail ancien. (Sera divisé).

170 — Trois cuillers en émail peint de la Chine, décor bleu clair à fleurs.

171 — Trois cuillers en porcelaine de Chine, décor à fleurs.

172 — Pitong en ivoire, décor : applications de nacre, burgau, représentant un perroquet sur un perchoir. Travail japonais.

173 — Buvard-serviette, relié en cuir noir.

174 — Paire de vases couverts de Chine, décor : paysages.

175 — Deux vases de Chine, décor en bleu sur fond blanc.

176-177 — Deux animaux en bronze patine gravée et fine de l'Extrême-Orient.

178-182 — Cinq groupes divers en mors, sculpture du Japon.

183-190 — Objets de vitrine de l'Extrême-Orient.

191 — Statuette en ivoire, œuvre délicate de sculpture, attribué au xvie siècle.

192 — Deux tableaux persans encadrés.

193 — La Vierge, tableau encadré.

194 — Pendule en marbre.

195 — St-Joseph, statuette en bronze.

196 — Bouclier persan.

197 — Poignard marocain, lame damasquinée.

198 — Grand plat polychrome.

199 — Vase persan, fond blanc, décor bleu.

200-201 — Deux vases, faïence ancienne, fond blanc, décor bleu.

202 — Deux assiettes polychromes en ancienne faïence de Delft.

203-207 — Cinq vases en faïence de Perse, décors variés.

BIJOUX - FOURRURES

208 — Collier dit de chien, composé de quatorze rangs de perles fines avec plaque ornée de saphirs et brillants, fermoir barrette ornée de petits brillants.

209 — Bague « marquise » ornée de brillants.

210 — Bague ornée d'un brillant.

211 — Deux épingles de cravate ornées d'un petit brillant et d'une perle pampille.

212 — Quatre boutons topazes brûlées entourées de roses.

213 — Dix petites breloques porte-bonheur.

214 — Montre de dame or montée sur un bracelet cuir.

215 — Soixante-dix-huit perles sur papier.

216 — Coupe en argent ciselé formée d'une couronne religieuse de style Louis XV,

217 — Collier en or fin.

218 — Bourse de dame en argent doré.

219 — Montre de dame en or.

220 — Chaîne de dame en or.

221 — Manchon et une étole en skung.

TABLEAUX

BEAUDOIN (Attribué à)

222 — Scène galante. Effet de nuit. Cadre en bois sculpté.

CANALETTO (Attribué à)

223 — Une Procession à Venise.

GRECO (Attribué au)

224 — Tête de Moine.

GOBLYN (E.)

225 — Portrait de jeune fille. Signé et daté 1809.

GUARDI (Attribué à)

226 — La Place Saint-Marc.

HOBBEMA (Ecole de)

227 — Paysage boisé.

MEYER (Constance)

228 — Portrait de jenne femme en robe rouge décolleté.

POUSSIN (Le)

229 — La Danse des Nymphes. Œuvre d'une belle facture.

RUBENS (D'après)

230 — Suzanne au bain. Joli tableau.

TRÉPOLO (Attribué à J.-B.)

231 — Evocation. Belle composition allégorique. Projet de plafond, ce tableau provient de la collection du Marquis Mathieu Camponi de Modène.

TRÉPOLO (Attribué à Dominico)

232 — Projet de plafond.

TROUILLEBERT

233 — Paysage.

ECOLE ANCIENNE

234 — La Samaritaine.

ECOLE DU XVIIIᵉ SIÈCLE

235 — Jeunes femmes à leur toilette.

ÉCOLE FRANÇAISE

236 — Portrait d'homme en costume du xviiiᵉ siècle.

ÉCOLE FRANÇAISE

237 — Arlequin venant surprendre une jeune paysanne endormie. Miniature or.

ÉCOLE FRANÇAISE

238 — Oiseaux et nature morte.

ÉCOLE HOLLANDAISE

239 — Portrait d'homme.

ÉCOLE FRANÇAISE

240 — Portrait de Mme du Maret. Signé illisiblement au dos de la toile et daté 1774.

ÉCOLE HOLLANDAISE

241 — Portrait d'homme.

ÉCOLE ITALIENNE

242 — Vue de Venise.

ÉCOLE ITALIENNE

243 — Le Christ au pressoir.

ÉCOLES DIVERSES

244-249 — Tableaux et gravures de diverses écoles.

OBJETS

ET

TAPIS D'ORIENT. ÉTOFFES

250 — Grand tapis kalenkar ancien, dessin, arbre, oiseaux avec médaillon et inscription.

251 — Douze serviettes à thé, brodées à jour à la main, travail persan.

252-253 — Deux boîtes à plumes ou écritoires persans en laque.

254 — Poudrière ancienne gravée sur bronze.

255 — Boîte en acier gravé et incrusté d'or.

256 — Tapis Khorassan ancien, dessin polychrome.

257 — Tapis de prière double face, fond rouge, médaillon blanc.

258 — Tapis de prière bleu foncé, médaillon blanc.

259 — Tapis de prière fond rouge, angles turquoise, médaillon blanc, bordure large.

260 — Châle persan a bordure polychrome.

261 — Coupons d'étoffes, dentelle noire.

262-263 — Deux tapis d'Orient.

264 — Chemin à palmes blanches Hamadan.

265 — Tapis de prière Hamadan.

266 — Tapis de prière, Palma grenat.

267 — Chemin souple Chiraz à palmes.

268 — Tapis Hamadan, fond bleu foncé.

269 — Chemin Ferahan polychrome.

270 — Chemin fond jaune, dessin arbre.

271 — Tapis de prière, fond bleu foncé, dessin
polychrome,

272 — Chemin Ferahan, dessin polychrome aux
angle.

273 — Tapis Chiraz dessin cachemire,

274 — Objets omis.